AF611259

L'ENNEMI ! L'ENNEMI !!

Sentinelles, prenez garde à vous !

BIBLIOTHÈQUE IMPÉRIALE IMPR.

L'ennemi de quoi ? L'ennemi de qui ? Il s'agit de l'ennemi du progrès, de l'ennemi de la justice, de l'ennemi de l'instruction publique, de l'ennemi de la morale, de l'ennemi du travail, de l'ennemi des droits du peuple et du droit des peuples, de l'ennemi de la Révolution enfin.

Où est-il? Il est au milieu de vous, il vous coudoie, il vous donne la main, il vous enlace, il vous enserre, il vous étreint, il vous domine, il est maître de vos actes et de vos pensées.

Quel est-il donc? C'est le parti qui, mécontent des temps présents, n'a de louanges que pour le passé, *laudator temporis acti*, celui qui voudrait nous ramener aux ténèbres du moyen âge, aux tortures du despotisme féodal et monacal, c'est, en un mot, le parti catholique.

Je vais le démontrer.

La glorieuse Révolution de 89 a inauguré le règne de la *Liberté* et de l'*Égalité*. Il est vrai que depuis cette époque fameuse le despotisme a régné quelquefois en France, car la liberté n'est trop souvent, hélas ! qu'une arme de guerre entre les mains des partis vaincus pour attaquer le pouvoir, et qu'ils se hâtent de confisquer dès qu'ils l'ont renversé et aussitôt qu'ils l'ont remplacé. Comme sa sœur la Liberté, l'Égalité est loin de briller d'un parfait éclat. Elle n'existe pas entre l'ouvrier et le financier, entre le pauvre et le riche, entre celui qui vit de ses revenus et celui qui n'a que son travail pour soutenir sa famille, entre le pâtre de nos montagnes dénué des moyens d'instruction et l'enfant de nos villes, qui peut suivre, dans le jour, les écoles primaires, et, le soir venu, les cours gratuits si nombreux et si variés, dus au dévouement des hommes les plus éminents par la position, la science et le talent.

Mais inaugurer, ce n'est pas établir; inaugurer, ce n'est pas fonder; inaugurer, ce n'est pas constituer; inaugurer, ce n'est pas achever; inaugurer, c'est commencer l'œuvre; c'est tout d'abord faire table rase des obstacles amoncelés, en les renversant, en les

1

1861

dispersant et en les détruisant; c'est ensuite donner l'impulsion, c'est changer le mouvement de la société en lui imprimant une nouvelle direction pour qu'elle atteigne un but nouveau; c'est mouvoir le monde d'Orient en Occident, au lieu de le laisser aller d'Occident en Orient comme il l'avait fait jusque-là; c'est pousser les peuples dans la voie du bien, du bon, du beau, du juste, du vrai, voie dont ils s'étaient écartés; c'est les ramener dans les sentiers de l'équité, qu'ils avaient perdus.

Ce changement ne s'opère pas tout d'un coup, en un seul jour, et par un simple effort; il faut de nombreuses années, des travaux immenses, des labeurs énormes et persévérants. Une société composée de citoyens, êtres vivants, actifs, doués d'intelligence et de volonté, ayant des passions, des sentiments, des intérêts divers, ne change pas facilement, et ne se meut pas aisément dans une nouvelle direction, surtout quand cette direction est contraire et opposée à la route qu'elle a toujours suivie. Pour arriver à ce changement, il faut briser les vieux intérêts, détruire les antiques préjugés. Les difficultés, alors, sont grandes; les luttes, terribles; les catastrophes, inévitables. Il y a des victimes et des malheurs à déplorer: on marche à travers la douleur. Nécessités effrayantes qu'il faut subir, auxquelles on doit se résigner. Tout en regrettant ces luttes fratricides, ces catastrophes sanglantes, ces hécatombes de victimes humaines, on ne peut s'empêcher d'approuver et d'admirer les bras vigoureux, les âmes héroïques qui, sans s'arrêter aux pleurs, aux gémissements et aux sanglots des souffrants, ont abattu et renversé ceux qui leur barraient le passage, et voulaient les arrêter dans leur œuvre sublime. Ils ont frayé la voie; mais l'œuvre, loin d'être achevée, est à peine commencée. C'est là l'histoire de **1789** à **1794**. Dans cette dernière année, époque où commence la première réaction contre la Révolution, la destruction de l'ancien édifice féodal n'est pas complète. Tous les obstacles n'ont pas été entièrement éloignés. Depuis lors, rien n'a été fait pour continuer le travail si bien commencé en 89, si malheureusement suspendu en 94. La révolution fut enrayée, elle l'est encore. Quelle en est la cause? Le public l'ignore, les démocrates ne la connaissent pas, les républicains ne l'ont jamais découverte. Malheur! trois fois malheur! nous nous agitons en vain, lancés dans un tourbillon qui nous entraîne loin du but. Nous luttons contre des fantômes et nous passons à côté de l'ennemi, en le laissant calme et tranquille.

Mais lui, qui sait le prix de l'existence, la valeur des honneurs évanouis, des richesses perdues, des priviléges anéantis, des titres abolis, cherche à réunir ses débris épars et encore palpitants; il use de toutes ses forces, pour nous entraîner dans l'abrutissement, nous retenir dans l'ignorance et par ce fait dans l'immoralité. Si nous souffrons encore, si nous n'arrivons pas plus vite au bien-être intellectuel et moral, c'est grâce à ses efforts incessants. Il faut donc lutter contre ces revenants d'un autre âge, contre cet ennemi perpétuel du progrès, de la liberté et de la démocratie.

Nous avons à résoudre les questions suivantes : comment se fait-il que le parti catholique soit un obstacle à la marche de la Révolution? Comment peut-il arrêter son mouvement? Quels sont les moyens à prendre pour détruire cette funeste influence, paralyser cette opposition?

Afin de ne point nous égarer, et pour arriver sûrement à la solution du problème, recherchons quelle devait être l'œuvre de 89; voyons si cette œuvre a été accomplie. Ces deux points bien connus et nettement déterminés, il sera facile de tomber sur l'ennemi, de le combattre, de le vaincre, de l'écraser et de l'anéantir. Nous pourrons le suivre dans ses évolutions, nous le reconnaîtrons partout, même quand il se vante d'un amour profond pour le peuple, quand il fait parade de doctrines éminemment libérales, et qu'il se proclame l'amant de la liberté.

Les révolutions ne se font que pour renverser d'antiques priviléges, afin de déblayer le terrain, et créer de nouveaux droits que l'on fonde sur le terrain nivelé. Il faut bien distinguer entre une révolution et un changement de gouvernement : qu'il soit produit par une émeute, par un coup d'État ou par une invasion étrangère. Une révolution transforme complétement les mœurs d'une nation, les droits du peuple, l'état social de chaque famille, de chaque individu. Un changement de gouvernement ne fait que remplacer les individus, chefs de l'État, par d'autres personnages, en laissant la société dans la situation où elle était auparavant sans lui faire subir aucune modification importante.

La Révolution qui commença en 1789, et qui n'est pas encore terminée, eut pour but : 1° la destruction de l'aristocratie; 2° l'établissement de la liberté individuelle, de la tolérance des opinions, de l'égalité des conditions, et par suite de la justice réelle, complète et entière.

Qu'était la société française avant 1789?

C'était une aristocratie formée par le clergé, la noblesse et la royauté, qui occupait toutes les fonctions publiques, salariées, qui possédait la majeure partie du territoire, qui ne payait point d'impôts, qui jouissait de priviléges personnels et territoriaux nombreux et importants, qui vivait dans l'aisance, le luxe et l'oisiveté, aux dépens du reste de la nation, composée de la bourgeoisie intelligente et du peuple travailleur. Tout appartenait aux premiers, les plaisirs, les richesses, les loisirs; rien aux derniers. Une pareille iniquité, une semblable injustice ne pouvait durer; il en devait résulter inévitablement une révolution: ce qui arriva. Comment renverser cette iniquité, détruire cette injustice? Par l'abolition des priviléges. Il fallait, par conséquent, anéantir les trois ordres de l'aristocratie qui n'avaient d'existence et de raisons d'être que par la possession de ces priviléges. Ce qu'il y avait donc à faire de suite, c'était de saper et de ruiner la royauté, la noblesse et le clergé. Tous les efforts devaient être dirigés contre eux. Ce qui eut lieu. La noblesse et la royauté périrent; le clergé resta seul debout assez puisant pour arrêter la Révolution, suspendre le règne de la liberté, supprimer l'essor de l'égalité. Pourquoi les hommes de 89 de 93, et de 94, qui certes, ne manquaient ni de vigueur, ni d'énergie, ni d'intelligence, ni de clairvoyance, ni de bon vouloir, n'achevèrent-ils pas l'œuvre qu'ils avaient entreprise avec tant d'ardeur, tant de passion et surtout tant de générosité? Pourquoi le clergé ne subit-il pas le même sort que la noblesse et la royauté?

En ces temps où, l'aristocratie, cette partie de la nation qui était tout; qui, seule, s'occupait du gouvernement, qui se croyait supérieure à la bourgeoisie et au peuple; qui, fainéante, paresseuse, prodigue des biens qu'elle n'avait pas amassés par son travail, dépensait stupidement les revenus créés par d'autres mains que les siennes, la bourgeoisie sobre, industrieuse, instruite, éclairée, honnête, pénétrée de l'idée de justice, imbue de morale, s'indignait au spectacle de cette honteuse conduite. Elle se révoltait de la contrainte que lui imposaient les règlements pour son commerce et son industrie qui n'étaient point libres. Elle réclamait la faculté de pouvoir penser et de publier ses pensées. Elle demandait la tolérance pour ses opinions. La parole éloquente de ses écrivains battit en brèche le despotisme abrutissant du clergé, qui, livré à ses plaisirs, n'eut pour répondre que la plume des Nonotte et des Patouillet. Les encyclopédistes, ces savants au cœur loyal, à l'âme ardente, aux instincts généreux, déroulaient aux yeux de la nation étonnée, avec les merveilles de la science, les droits nombreux dont elle devait jouir et dont elle était privée. Ils lui montraient le vice triomphant, le crime honoré, la vertu bafouée, le travail conspué. Ils réclamaient pour les bourgeois et manants, écrasés d'impôts, le droit de contrôler les dépenses et de voter les recettes. Ils demandaient que la noblesse et le clergé, qui possédaient des terrains immenses, des monastères sans nombre, des châteaux magnifiques, affranchis de taxe, payassent comme tous les autres citoyens, dans la proportion de leurs richesses, l'impôt nécessaire à l'État. Ils remplirent de désirs tous les cœurs, ils enflammèrent toutes les âmes, et 89 vint sonner l'affranchissement général, en sonnant le glas funèbre qui annonçait la fin de tous les priviléges !

La bourgeoisie, à qui échut, comme à la partie la plus éclairée de la nation opprimée, le labeur de la révolution, fut magnifique d'entraînement, de grandeur et d'héroïsme. A ses demandes justes et légitimes, l'aristocratie opposa un refus formel. Irrité de cette opposition, le tiers état marcha droit à l'ennemi. Et d'abord il voulut l'égalité devant le vote aux états généraux; il l'obtint. Puis il demanda l'abolition de tous les priviléges. Il s'attaqua de suite à la noblesse, qui fléchit et consentit à sa destruction; car elle fut abolie à jamais quand, dans la fameuse nuit du 4 août, ses membres, entraînés et subjugués par l'opinion publique, vinrent, sur l'autel de la patrie, faire abandon de leurs priviléges, en déclarant, par un acte de sublime dévouement, se soumettre aux lois du pays, comme le plus chétif et le plus humble citoyen.

Quelques nobles allèrent même jusqu'à renoncer, dans cette nuit célèbre, à leurs titres et à leurs parchemins. C'était du pur enthousiasme. Ces titres rappelaient bien, à la vérité, les priviléges abandonnés, mais ce n'étaient plus que de vains sons, des mots gonflés de vent. Ils pouvaient faire illusion, puisqu'ils font encore illusion aujourd'hui. Combien de personnes, parce qu'elles les voient inscrits sur les panneaux d'une voiture, autour d'une devise armoriée, croient à l'existence de la noblesse ! Erreur profonde !

Certainement les descendants des anciennes familles ont repris tous leurs titres de ducs, de comtes, de marquis, de barons, etc., et s'en parent comme d'une gloire et d'un honneur. L'empereur Napoléon, les rois Louis XVIII, Charles X, Louis-Philippe, ont délivré des brevets à leurs amis et à leurs créatures. Hélas ! ce ne sont plus que des feuilles volantes, ne donnant aucun privilége, n'apportant aucun bénéfice à ceux qui en jouissent. Ont-ils une puissance plus grande que les autres citoyens? Possèdent-ils des droits que nous ne possédons pas? La loi ne les oblige-t-elle pas comme elle nous oblige? Forment-ils un corps, un ordre, une institution dans l'État? S'ils n'ont point de revenus et qu'ils ne puissent ni ne veuillent se créer une position, occuper un emploi; s'ils ne savent aucun métier et qu'ils n'aient pas de profession ; si, en un mot, ils ne travaillent pas, la société leur doit-elle, leur donne-t-elle le vivre et le couvert? Non, non. Leur titre ne sert à rien. Devant la misère il n'a nulle valeur. La noblesse est morte;

bien morte. Elle a disparu ; elle ne reviendra jamais. Néanmoins, honneur à ces nobles qui ont eu assez de courage et de patriotisme pour abdiquer. C'est l'unique exemple d'un pareil dévouement que l'on rencontre dans toute l'histoire. Si les deux autres portions de l'aristocratie avaient suivi cet exemple, la révolution, ne rencontrant point d'obstacle, se serait accomplie avec ordre et tranquillité. N'éprouvant aucune hostilité, elle n'aurait point eu de luttes à soutenir, elle n'aurait point versé de sang, elle serait arrivée dans le calme et la sérénité au but qu'elle devait et qu'elle doit atteindre immanquablement. Les hommes ennemis de la justice, de l'égalité, de la liberté ne l'ont pas voulu : que la faute et le malheur du sang répandu retombent sur eux ! Qu'ils ne maudissent point et n'insultent pas celle qui n'a fait que se défendre en les brisant ! Si elle mérite un reproche, c'est celui de n'avoir pas terminé l'œuvre, celui de s'être arrêtée aux deux tiers du chemin, celui d'avoir laissé debout et vivante l'institution qui ne se lasse pas de l'attaquer et de la calomnier.

Cette abdication eut un résultat immense. L'aristocratie était frappée dans un de ses membres, qu'elle perdait : cela entraîna des conséquences de la plus haute gravité. La royauté, incertaine, indécise, tiraillée en tous sens, n'ayant plus son principal appui, voulait et ne voulait pas céder. Après une lutte de trois années, elle aboutit au précipice où elle fut entraînée et où elle entraîna le roi, qui aurait pu se sauver en acceptant franchement le système constitutionnel. Elle périt le jour illustre où Louis XVI eut la tête tranchée sur l'échafaud, place de la Révolution. Jamais depuis elle ne s'est relevée. Et, si nous avons eu des monarques, rois et empereurs, ils ne régnèrent que par la volonté du peuple, en vertu des constitutions. Ils ne furent plus rois de droit divin, ne relevant que de Dieu et d'eux-mêmes.

Cette catastrophe, qui épouvanta les rois de l'Europe, qui effraya le monde, avança rapidement la révolution. Deux des trois ordres de l'État étaient à terre. Restait le clergé, immensément riche des biens qu'il avait amassés pendant quatorze cents ans, par tous les moyens de captation possibles. Il en usait pour satisfaire par l'ostentation son orgueil, et par la débauche sa luxure. Dominant les princes, les rois, les empereurs, il était maître absolu. Ne reconnaissant point de juges hors de son sein, ses vices, ses délits, ses crimes demeuraient impunis. Il pouvait se livrer sans danger et sans crainte à tous les excès, à toutes les violences, à toutes les iniquités, à toutes les injustices. Il frappait ses ennemis, car le glaive séculier exécutait ses sentences. Il lançait la foudre, et jamais la foudre ne venait le frapper. Dieu le couvrait de son ombre redoutable et redoutée. Placé en face et au-dessus de la nation à laquelle il servait d'exemple et de modèle, sa corruption corrompait la société entière. Inutile de retracer le tableau immonde de cette héliogabalesque orgie, dans laquelle se roulaient, vers le milieu et sur la fin du XVIIIe siècle, le roi, les princes, les ducs et les duchesses, les marquis et les marquises, et dont toujours un abbé était l'agent ou le boute-en-train. Les évêques écrivaient des madrigaux, les archevêques soupaient chez les filles, les cardinaux achetaient des colliers qu'ils se gardaient bien de payer. Entre temps, le clergé n'oubliait pas de percevoir les dîmes, de forcer les aumônes. Sa rapacité était sans exemple. Une histoire racontée par Louis Viardot, témoin oculaire, nous en donnera une idée. C'est dans ses *Souvenirs de chasse* (septième édition, 1859, chez Hachette, *Bibliothèque des chemins de fer*) que je la trouve. Cela a lieu dans l'année 1823, en Espagne, pays où la Révolution n'avait pas encore passé. L'auteur revient d'une chasse, il entre chez son hôte, un Français qui habitait l'Andalousie.

« Quand je rentrai dans la maison du laboureur auvergnat, j'étais précédé par un grand escogriffe, noir de peau, de cheveux, d'âme aussi, enveloppé d'une grande soutane noire, la tête chargée d'un grand chapeau noir à la Basile, et son grand manteau noir roulé sous le bras. C'était un de ces sergents ou huissiers ecclésiastiques, collecteurs d'impôts, qu'on nomme en Espagne *lechuzos*, comme les mâles de la *lechuza* (hibou), et qui sont, en effet, des oiseaux de mauvais augure, et suceurs autant que les vampires. Il s'assit gravement devant la table, appela le maître de la maison, ouvrit un gros cahier qu'il portait sous l'autre bras, et je ne fus pas peu surpris de lui voir présenter au laboureur un compte exact de sa récolte (j'entends du produit, car il ne faisait nulle mention des frais de labour et de semence); puis il lui donna l'ordre d'en envoyer la dixième partie à la *cilla*[1]. Il accompagna cet ordre d'un petit sermon banal qu'il débita comme s'il eût récité ses patenôtres, et qui se réduisait à demander la plus grande exactitude dans le payement de la dîme à l'Église de Dieu. « Rappelez-vous, mon frère, ajouta-t-il en élevant la voix, rappelez-vous l'exemple terrible du laboureur de la Puebla, qui eut tous ses champs ravagés par la grêle pour avoir caché quelques poignées d'orge, et du vigneron de Montilla, dont la vigne se sécha le jour même des vendanges pour avoir soustrait un cep à la sainte redevance dont le compte est inscrit là-haut. » Il acheva cette harangue annuelle en annonçant son retour à la semaine suivante pour les œufs, les poulets, les agneaux et les cochons de lait; puis il se leva, ferma son registre et sortit aussi gravement qu'il était entré.

» C'était le jour des dîmes et des œuvres pies que nous avions pris pour notre chasse. A peine le *lechuzo* noir avait-il tourné les talons, qu'il entra un autre chat-huant, habillé de laine grise, portant une corde autour des reins, et, sur le côté gauche, un chapelet à gros grains bruyants dont le crucifix traînait jusqu'à terre. Il fit d'abord un salut en mauvais latin; puis, en bon espagnol, il demanda l'aumône pour le couvent de Saint-François. Mais c'était d'un ton fort leste, fort dégagé, plutôt comme on ordonne que comme on prie, et ce qu'il demandait de la sorte, ce n'était pas de ces aumônes dont on s'acquitte avec un *cuarto*. Il fallait remplir, au moins à moitié, un gros sac qui attendait à la porte, posé de travers sur le dos d'une

[1] Grenier pour les dîmes.

BIBLIOTHÈQUE IMPÉRIALE

bourrique. Tandis qu'on chargeait docilement sa monture, et tout en avalant une rasade de vin *rancio* qu'on lui versa dans un grand verre à pied, le pourvoyeur de Saint-François fit son compliment de la bonne récolte, qu'on ne devait qu'aux perpétuelles oraisons des révérends pères franciscains, offrit une prise au fermier, caressa le menton de la fermière, jeta aux enfants quelques grains de raisin sec qu'il tira de sa poche crasseuse, et, riant sous cape, s'en alla chez le voisin remplir l'autre moitié de son sac.

» Derrière l'huissier gris en vint un troisième, portant une longue robe couleur de tabac, un épais capuchon baissé sur le nez, une grande barbe grisonnante qui lui descendait jusqu'à la ceinture et de mauvaises sandales de corde sous ses pieds nus. Celui-ci s'arrêta au seuil de la porte, salua fort bas, en marmottant un *Ave Maria purissima*; puis, tenant les yeux baissés et les bras croisés sur la poitrine, il annonça d'une voix nasillarde, comme s'il eût eu le nez pressé par les lunettes que portaient nos grand'mères, que le grain de l'an passé venait de s'épuiser dans le *silo* des bons pères capucins, et que, la règle austère qu'ils pratiquent leur défendant de recevoir de l'argent monnayé, il venait demander pour eux des dons en nature, ne fût-ce qu'une demi-*fanègue* de blé par chaque habitant. L'huissier brun ajouta que, sans cette aumône, il serait impossible de faire la neuvaine de Saint-Antoine contre le tonnerre, et d'exposer la sainte relique sur l'autel du couvent quand on aurait perdu quelque éventail ou quelque petit chien de manchon. Le laboureur et sa famille s'empressèrent de se rendre à de si justes motifs, si humblement exposés, et de verser la demi-fanègue de blé dans la profonde besace du capucin, lequel, s'étant redressé et ayant jeté gaillardement le sac sur son épaule, leur donna en échange une petite image enluminée de son saint patron, les laissant dans le doute si Sa Révérence ne perdait pas au troc.

» Aussitôt après entra un jeune frère lai des religieuses de Sainte-Ursule, garçon frais, joufflu, aux yeux vifs, aux larges épaules, rappelant tout à fait le *Masetto* des contes de Boccace. Ce moinillon (*monaguillo*), bête de somme du couvent, qui n'avait fait aucun vœu, pas plus celui de tempérance que celui de chasteté, débita quelques phrases en bredouillant si fort, que j'entendis seulement le *sœcula sæculorum, amen*, qui les terminait. Après quoi il reçut aussi sa bonne charge de blé, n'oubliant pas d'y faire ajouter un rayon de miel pour la mère prieure et quelques aunes de toile pour la sœur tourière.

» Pendant toutes ces apparitions successives, j'étais resté cloué sur mon escabelle, dans le silence de l'ébahissement. Notre hôte, l'Auvergnat, regardait tout cela d'un œil indifférent, comme chose aussi commune, aussi naturelle que la semaille et la moisson.

» — Eh bien! me dit en souriant M. L... qui achevait de rouvrir les yeux; vous le voyez, mon cher compatriote,

> Dieu prodigue ses biens
> A ceux qui font vœu d'être siens.

Oh! nous ne sommes pas au bout des visites. Pour peu que vous restassiez deux ou trois jours de plus dans cette maison, vous y verriez arriver sans faute le père missionnaire qui a prêché le dernier carême avec un grand succès, et qui viendra réchauffer au profit de son monastère la piété de ses auditeurs, dont il a déjà emporté de nombreux témoignages. Après le père missionnaire, viendra sûrement aussi quelque père de la Rédemption quêter pour le rachat des captifs d'Alger. Et qui pourrait avoir les entrailles assez dures pour refuser de s'associer à la délivrance d'infortunés captifs qui, depuis deux siècles bien comptés, languissent dans les cachots des infidèles, sans autre espoir que les secours des âmes charitables! Il y a bien, en effet, deux siècles au moins que la guerre avec les Mores d'Afrique a complétement cessé. D'ailleurs, si l'on doutait de l'efficace emploi des aumônes faites aux pères rédempteurs, on n'a qu'à voir les vieilles chaînes rouillées que suspendent chaque année aux murs de Notre-Dame de Guadalupe ou de Notre-Dame de la Roche de France les captifs rendus à la liberté par leur pieuse intercession.

» — Comment expliquez-vous, dis-je à M. L..., que la malignité populaire épargne si peu les moines, tandis que la charité publique les nourrit et les engraisse? Ne dit-on pas : « Garde-toi du bœuf par devant, de la mule par derrière et du moine » de tous les côtés? » Ne dit-on pas aussi : « Qui veut tenir nette maison, il n'y faut » moine ni pigeon? » Ne dit-on pas encore : « Ni bon moine pour ami, ni mauvais » pour ennemi, » et tant d'autres refrains que vous savez mieux que moi?

» — Oui, certes, répondit-il; les Espagnols se vengent par des proverbes, comme les Français par des chansons; mais, comme les Français après leurs chansons, ils payent après leurs proverbes; ils payent même quelquefois avant, car nous n'avons pas porté pour premier article de compte les prémices (*primicias*), qu'on a livrées dans leur temps à l'Église, prémices des troupeaux, prémices des fruits, du vin, de l'huile, de toutes choses. Sans cela, est-ce que messieurs les bénéficiers pourraient fumer des cigares de la Havane, courre le lièvre, jouer au *tresillo*, entretenir la gouvernante et la nièce, remplir enfin convenablement toutes les obligations d'un bénéfice? Mais tout cela n'est rien, et quand prémices et dîmes sont religieusement soldées au bout de l'an par notre hôte, pour l'acquit de sa conscience et sur quittance du *lechuzo*, le plus difficile lui reste encore à faire : c'est de payer le fermage de ses champs aux *Pères du Désert*[1], qui en sont maîtres et seigneurs, sans contestation ni interruption, depuis la conquête de saint Ferdinand. Il y a de cela six siècles, six siècles que ces biens de main-morte ne rendent rien à l'État. A la vérité, d'après leur institut, ces moines devaient les cultiver eux-mêmes pour gagner leur vie et le ciel par le travail. Peut-être ont-ils commencé de la sorte; mais il y a bien quelque cinq cents ans qu'ils ont trouvé plus simple et plus commode de faire travailler les laboureurs d'alentour, moyennant redevance à leur profit, que de se meurtrir les mains à la charrue; outre qu'il n'est pas facile d'élever son âme à Dieu quand on a le corps penché vers la terre, et qu'il serait vraiment absurde de courir les champs à pied, au grand soleil, une pioche sur l'épaule, quand on peut surveiller la besogne que fait autrui et compter ses gerbes, monté sur une bonne mule, un parasol à la main.

» — C'est vraiment très-bien raisonné, dis-je à M. L...; mais de si forts dialecticiens, qui passent leur vie dans une sainte oisiveté, dans le recueillement et la prière, doivent du moins traiter leurs tenanciers avec une douceur évangélique?

» — Sans doute, reprit-il; quand la redevance est arriérée, ils se contentent de les traduire en justice, de les jeter en prison, de faire vendre jusqu'à leurs lits et de mettre toute la famille en plein air. Encore, le plus souvent, n'ont-ils besoin de recourir ni au tribunal ni à l'audience[2], ayant la juridiction temporelle sur leurs domaines. Ils sont parties et juges, ce qui est singulièrement commode pour avoir toujours raison, et les exécuteurs ne leur manquent pas, comme vous l'avez vu. Ils ne font grâce qu'aux pères à qui leur heureuse étoile a donné des filles jolies, ou aux maris qui ont eu le bon esprit de choisir des femmes accortes et prévenantes; car les bons pères sont si pieux, qu'ils adorent le Créateur jusque dans la créature.

» — Mais les charges publiques, les besoins de l'État, sont-ils donc oubliés? dis-je au fabricant de savon.

» — Non pas, me répondit-il; ce brave homme n'en payera pas moins le droit d'*alcabala*, s'il va vendre au marché un âne ou un mouton, et le droit de *puertas*, s'il fait entrer une outre d'huile ou de vin à Séville, et le droit de *polvo y paja* sur la maison qu'il habite, et le droit d'*utensilios* sur son mobilier, et tous les droits existants depuis les kalifes arabes, singulièrement augmentés par les rois catholiques.

[1] Ordre de *Monges*, ou moines rentés, fort différents des *Frailes*, ou moines mendiants.

[2] Cour d'appel.

D'ailleurs, on aura la politesse de le prévenir et d'empêcher qu'il ne se dérange. Dès qu'il aura satisfait à tous les alguazils ecclésiastiques, viendront les alguazils séculiers pour toucher les impôts royaux, à moins que... où il n'y a rien, le roi perd ses droits.

» — Oh! que vous me faites de peine, m'écriai-je, en me montrant, à propos des moines, le revers de la médaille! Ils sont si pittoresques, si *couleur locale!* Voyez, quoi de plus beau, de plus original, que ce mélange d'hommes blancs, noirs, bruns, gris, bariolés, rasés ou barbus, tondus ou chevelus? Qu'ils font bien dans les romans, les tableaux, les albums de touristes! »

On comprend, en lisant ces spoliations commises hier encore en Italie, commises aujourd'hui en Autriche, en Bavière, en Bohême, quelle colère s'était amassée dans le cœur du peuple français. On comprend la passion avec laquelle, quand victorieux de la noblesse, maître de la royauté, il somma le clergé d'abandonner ses dîmes, de cesser ses exactions; mais le clergé ne voulut rien céder.

Plus habile que la royauté, moins patriote que la noblesse, plus attaché aux biens terrestres, qui aident grandement à traverser cette vallée de misères, et contribue beaucoup à conquérir les biens célestes, il résista. N'était-il pas inviolable et sacré? Ne représentait-il pas Dieu? Ses biens n'était-il pas les biens de la divinité, le patrimoine de Jésus-Christ? Y porter la main, c'était un sacrilége. Les foudres de l'excommunication n'étant pas assez effrayantes pour arrêter ceux qui s'étaient chargés d'émanciper et de délivrer la nation, il fomenta les trames et les colères d'une partie de la noblesse mécontente de son sacrifice; il empêcha Louis XVI de s'unir à la bourgeoisie, vers laquelle ses vertus, ses goûts, ses penchants l'entraînaient; il conseilla l'émigration; il enrôla les rois contre la France en les effrayant des doctrines qu'elle acclamait.

La Révolution, œuvre de suprême justice, ne pouvait souffrir une telle audace. Espérant, d'ailleurs, ramener le bas clergé aux sentiments du vrai, du juste et du droit, croyant qu'il était dévoué au peuple dont il sortait, comptant sur son patriotisme, elle décréta la constitution civile, elle exigea le serment en vertu duquel on déclarait se soumettre aux lois. Une résistance opiniâtre, insensée fut la réponse de cette corporation qui ne reconnaît aucune loi si elle n'émane de son initiative. Quoi! pensait-elle! quoi! disait-elle! Quoi! moi, je m'enchaînerais à la patrie, moi qui suis ici-bas le représentant de Dieu, son *alter ego;* moi à qui il a donné le pouvoir de lier et de délier, moi dont les fonctions sont royales, *sacerdos regia*, moi dont le pouvoir est souverain : je commande à tous, et nul ne me commande; j'ordonne, et l'on doit m'obéir.

A ce refus persistant, implacable, obstiné, à cette dénégation ouverte de remplir les devoirs du citoyen, à cette hostilité systématique, la Convention dut frapper, elle frappa. Elle dut renverser l'obstacle qui arrêtait sa marche, elle le renversa. Tant pis pour ceux qui furent brisés. Ils s'étaient rendus coupables. Un gouvernement quel qu'il soit, d'où qu'il vienne, ne peut exister qu'à la condition de vaincre quiconque lui est un empêchement, et de le briser s'il ne peut s'en débarrasser autrement. Mais, dit-on, si le gouvernement est mauvais, comment faire? Arrangez-vous pour être plus forts que lui. Tous les droits imaginables ne sont rien devant le fait brutal de la force. Il est là, qui vous domine, qui vous enserre, qui vous enveloppe et parfois vous égorge. Vous avez beau crier, il reste impassible et ne recule pas. Au surplus, tous les grands hommes d'État que la postérité admire ont agi de cette façon, et ils ne sont admirés que pour cette manière de faire. Témoin Louis XI, Charles-Quint, Richelieu, Louis XIV, Cromwell, Danton, etc., etc.

Dépouillé, jeté en prison, décimé par le fer et la guillotine, n'ayant pas de lieu où reposer sa tête, ne pouvant plus célébrer en public les mystères de la religion, obligé de se cacher dans le fond des bois, de trouver un abri dans les cavernes, il semble que le clergé était, comme la noblesse et la royauté, vaincu, détruit, anéanti. Point. Il conserva toujours l'espérance de reconquérir son ancien prestige, de recouvrer ses richesses colossales, son influence prépondérante. Peu s'en faut que cette espérance ne se soit réalisée. Sa puissance est grande aujourd'hui, il le sait; aussi son ton est-il menaçant, ses paroles insultantes. Le cardinal Mathieu, dans une séance du Sénat, disait, il y a quelques jours: « L'irritation du clergé va toujours croissant et pourrait amener des conséquences fâcheuses. » Comment est-il remonté si haut, après être tombé si bas? Comment est-il si puissant, après avoir été si faible? Par quels moyens enfin, nouveau Lazare, est-il sorti du tombeau, aussi brillant, aussi fort, aussi éclatant?

En 1794, le 8 juin, Robespierre célébrait une fête qu'il avait décrétée peu de jours auparavant : c'était la fête de l'Être suprême; c'était l'origine d'un nouveau culte, accepté par toute la France avec un certain enthousiasme. Une cérémonie avait eu lieu à cette occasion jusque dans les hameaux les plus petits et les plus éloignés. A ce moment le catholicisme avait disparu, mais de ce jour date sa résurrection, son retour à la vie, à la puissance, à la fortune. En religion, comme en politique, comme en philosophie, la logique exige, dès qu'un principe, un axiome vrai ou faux est admis, que l'on en pousse les conséquences jusqu'à l'extrême, jusqu'à l'absurde : *credo quia absurdum*, a dit Tertullien, le Bossuet de l'Afrique. Robespierre avait institué un culte de l'Être suprême, il avait établi des cérémonies en son honneur, il s'en était fait le grand prêtre, afin d'attirer à lui les affections des âmes débiles adonnées à la dévotion; cela dans un but d'ambition personnelle et mesquine. Il espérait réunir en sa personne les doubles fonctions de législateur et de sacrificateur, comme l'avait fait César dans la Rome antique, quand il essaya de détruire la République. Le ridicule s'empara de sa triste et puérile innovation. Le persiflage et la moquerie erraient sur les lèvres des conventionnels, sur la bouche de ses amis aussi bien que de ses ennemis. Il en avait appelé à la foi, et la foi alla au catholicisme. Qui, du reste, pouvait mieux que le clergé accomplir les cérémonies d'un culte? qui pouvait faire mieux brûler l'encens devant les autels? Robespierre ne comprit rien à la Révolution. Il termina l'œuvre si bien commencée par Mirabeau, si admirablement continuée par Danton, de la destruction complète de la noblesse et de la royauté. Mais il laissa non achevée la destruction du troisième corps de l'État. Inconséquent, il fit plus, il le releva en ordonnant le rétablissement de ce culte absurde professé par Catherine Théot. Son esprit étroit, son tempérament bilieux, son caractère haineux, son ambition démesurée, son éducation au collége Louis-le-Grand sous la direction des prêtres, sa vanité marquée par ses désirs des lauriers académiques de province, sa profession d'avocat, qui ne reconnaît pour juste que les arguties et les formalités, ne lui laissaient pas apercevoir les vastes horizons de la politique, ne lui donnaient pas les grandes pensées de l'homme d'État. Il ne connut jamais le but de la Révolution dont il fut l'un des acteurs restés dans l'opinion de la postérité l'un des plus odieux et des plus détestables. C'est que ses actes de cruauté, peut-être moins horribles que ceux de Danton, ne produisirent rien d'utile à la cause qu'il était censé défendre. Danton est devenu une figure légendaire que l'on aime pour sa hardiesse, son audace, son éloquence, son génie et surtout pour l'amour si tendre qu'il portait à sa jeune femme. Comme Luther, c'était un homme qui avait de l'homme toutes les passions; mais passions ardentes, énergiques, expansives. Toujours gai, toujours joyeux et toujours sincère; aussi franc dans ses haines que dans ses amitiés. Connaissant les hommes, plein de clairvoyance, il disait : LE MÉTAL BOUILLONNE, MAIS LA STATUE DE LA LIBERTÉ N'EST PAS ENCORE FONDUE. Quand Danton fut tué par Robespierre, la Révolution s'arrêta. Le clergé put respirer; il entrevit des jours meilleurs, des jours prospères qui ne se firent pas attendre. La fête du 8 juin renouvela l'esprit religieux et ramena la France au catholicisme. Voilà comment de l'impiété la plus profonde on est revenu à la religiosité la plus extrême.

A Robespierre succéda le Directoire, qui ne comprit pas mieux la Révolution. On n'agissait plus pour elle. On s'occupait de fêtes, de théâtres, de bals, de luxe et de plaisirs. On s'agitait, mais uniquement pour conserver les places avec les honneurs, ou pour en acquérir de nouvelles et de plus importantes. La maxime qui réglait les actions, était cette égoïste maxime qui a fait avorter toutes les révolutions depuis la mort de Danton, et qui est formulée en un si mauvais français par cette phrase : « *Ote-toi de là que je m'y mette.* » Pendant que le Directoire s'amusait, le clergé, toujours attentif à saisir les occasions propices, rouvrit les églises, célébra les offices divins, administra les sacrements. Il habitua le peuple à la religion. Les cérémonies du culte attirèrent la foule, surtout dans les villages, où l'absence des bals et des théâtres ne laisse au paysan aucune distraction. Les chants des cantiques, les fleurs ornant les autels, les tableaux appendus aux murs, l'encens brûlant dans les cassolettes, les prêtres couverts des aubes étincelantes de blancheur, des chasubles brodées d'or et d'argent, satisfaisaient au sens esthétique dont est doué chaque individu et procuraient les jouissances dont tous étaient privés depuis quelques années.

Vers cette époque et à une période peu éloignée, Joseph de Maistre, le fougueux ultramontain, le brillant polémiste, le vigoureux écrivain, le rude jouteur, publia ses *Considérations sur la Révolution française*, son *Traité du Pape* et son *ouvrage sur l'Église gallicane;* de Bonald, le philosophe profond, l'observateur sagace, l'écrivain logique, lui qui a renversé les idées innées, et sapé par ce fait, sans le savoir et sans le vouloir, tous les principes essentiels du catholicisme, mettait au jour sa *Théorie sur le pouvoir* et son *Traité de Législation primitive;* de Chateaubriand, le père du romantisme, faisait paraître le *Génie du christianisme*, qui contribua plus qu'une nombreuse armée au rétablissement et à la prospérité de la religion. Ces trois hommes de génie divers devinrent le point de départ, l'origine et la pierre angulaire d'un nouveau parti dont les tendances, les désirs, les aspirations et les vouloirs sont entièrement hostiles à la Révolution. Ce parti nouveau est le parti catholique. Nous allons examiner ses œuvres et le suivre dans ses évolutions. Au moment où il apparaît, il n'est rien, il n'a pas même de nom qui le distingue et le fasse connaître. Mais il a grandi rapidement; c'est lui qui a arrêté le progrès de l'humanité et qui l'arrête encore. Il est l'ennemi que tous les révolutionnaires, s'ils ont de l'intelligence, s'ils comprennent les questions et les situations, s'ils jugent bien les faits, doivent attaquer et combattre. S'unir à lui, comme ils l'ont fait sous Louis-Philippe, sous la république de 1848, sous l'empire, est une ineptie ou une trahison.

Pour la première fois le laïcisme entrait dans la religion, dont il se servait comme d'une arme et qu'il transformait en parti.

En 1800, Bonaparte, premier consul, était le maître absolu et du gouvernement et de la France. Le parti nouveau, voyant un homme nouveau, qui n'avait trempé en rien dans les actes de la Révolution, si ce n'est pour maintenir l'ordre à coups de canon, pensa qu'il était possible de restaurer la royauté, la noblesse et le clergé. Il glissa ses conseils machiavéliques dans l'oreille du général de la république, et le jeune ambitieux crut rétablir la royauté en se proclamant empereur, en plaçant une couronne sur sa tête, en jetant un manteau parsemé d'abeilles brodées en or sur ses épaules, en obligeant le pape à verser sur son front l'huile de la sainte ampoule. Empereur, il crut rétablir la noblesse en distribuant à ses généraux, à ses ministres, à ses ambassadeurs, à ses chambellans, à ses officiers des titres de ducs, de comtes, de barons et de marquis. Comme l'esprit est sujet à l'erreur! comme nous nous laissons facilement éblouir par des mots sonores! Le génie si pratique de l'empereur ne s'aperçut pas que la réalité de sa noblesse n'était qu'imaginaire, que les titres ne lui donnaient pas l'existence, que sa royauté elle-même relevait de principes autres que les principes qui constituaient la royauté de Louis XIV. Parce qu'elle en avait la puissance, il pensait qu'elle était identique à celle du grand roi.

Non, la royauté et la noblesse ne furent jamais, depuis 93, rétablies en France. Nous parlons de la royauté de droit divin qui ne relevait que de Dieu et d'elle-même, qui prétendait que la France était son bien, sa propriété, hommes et choses, bêtes et gens, dont elle pouvait disposer à son gré, à sa fantaisie, sans vouloir entendre aucune observation, recevoir aucun avis, accepter aucune admonestation. Nous parlons de cette noblesse indépendante de la royauté, héritière de la féodalité, qui existait dans l'État comme une institution, au même titre que la royauté, puissance souveraine, qui jouissait de priviléges étendus, qui possédait des droits considérables.

Napoléon fut empereur, il est vrai, mais il ne fut qu'empereur, c'est-à-dire un *imperator*, un commandant des forces de la nation, un général d'armée, et général il est resté son règne durant. Pas une année où il n'ait eu des combats à livrer, des siéges à établir, des batailles à gagner. Pendant son empire, tout en France concourut vers l'armée, vers son organisation, vers son entretien. Et cela était nécessaire, car il fallait faire triompher la Révolution contre les attaques incessantes de l'Europe, afin de l'affirmer et de l'affermir dans le pays qui l'avait enfantée et engendrée. Lancé sur les rois de droit divin, sur les aristocraties féodales, l'habile général, le puissant empereur, les amena à miséricorde : il prit leurs villes, s'empara de leurs capitales, renversa leurs trônes, bouleversa leurs royaumes, enleva leurs provinces qu'il annexa à la France ou à d'autres États; il créa de nouveaux rois, faits à son image, mais soumis à sa volonté; il changea, modifia, remania la carte suivant ses intérêts, ses désirs et ses caprices. Les représentants des antiques monarchies battus, harassés et fatigués de tant de défaites, cédèrent à ses volontés, pour conserver sinon la totalité, au moins une partie de leur pouvoir... Ils reconnurent la Révolution en reconnaissant son chef. Ils furent si humbles, qu'ils formèrent cortége autour de lui..... Napoléon assista au théâtre en présence d'un parterre de rois venus pour lui faire la cour... Il affermit si bien la Révolution, il la consolida si fortement, qu'à sa chute, ces mêmes rois coalisés qu'il avait vaincus et humiliés, à leur tour vainqueurs et maîtres de la France et de Paris, n'osèrent rétablir ni la royauté dans ses antiques droits divins, ni la noblesse dans ses priviléges qui la constituaient corps de l'État, bien qu'ils ramenassent avec eux les petits-fils de saint Louis et des anciens nobles.

Comme avait fait Robespierre, ainsi fit le grand guerrier. Il maintint les conquêtes de la Révolution. Mais de même que Robespierre, il n'acheva pas la destruction du dernier rempart, du dernier obstacle qui arrêtait sa marche ascensionnelle. Il fit plus, il reconstitua le dernier terme de la trilogie aristocratique, en signant un concordat avec Rome papale. Faute irréparable... Sans s'en apercevoir, il réchauffait l'ennemi dans son sein. Il eut lieu de s'en repentir : il était trop tard. L'ennemi avait grandi, il était devenu fort, puissant; il ne tremblait plus, il faisait trembler... Quelqu'un a dit que Bonaparte c'était Robespierre à cheval. Cette parole échappée de la bouche d'un royaliste, dans l'intention d'insulter le vaincu de Waterloo, est le plus bel éloge que l'on ait pu faire de celui qui pendant quinze ans fut le maître de l'Europe. Elle indique clairement le rôle que la Révolution l'avait appelé à jouer et qu'il a rempli admirablement; elle montre très-bien le but qu'il devait atteindre et qu'il a atteint avec un complet succès. Ce but était l'affermissement et la consolidation des conquêtes de la Révolution. S'il est tombé, c'est qu'ignorant le secret de son élévation, la raison de son pouvoir, ne sachant pas qu'il devait poursuivre l'œuvre révolutionnaire, il a abandonné le travail que la Constituante avait si bien entrepris, que la Convention avait poursuivi, que Robespierrre et le Directoire laissèrent inachevé, à savoir la destruction du troisième ordre de l'aristocratie féodale. Il ne vit plus dans ses victoires, aveuglé qu'il fut par la prospérité, les flatteries et les conseils du parti catholique, qu'un moyen de satisfaire son ambition personnelle. Il oublia qu'un chef d'État a toujours une mission à remplir, une question humanitaire à résoudre, un progrès à réaliser. S'il avait su! quelle différence dans sa destinée et dans celle de la France!

Pendant la durée de l'empire, pendant que l'empereur parcourait l'Europe à la tête de ses armées, le clergé, fort du concordat qui le reconnaissait comme un corps constitué, qui lui donnait le droit d'exercer dans tous les villages, qui le confirmait dans sa hiérarchie, qui lui avait partagé le territoire par diocèses, qui lui octroyait un traitement considérable, lui permettait de communiquer directement avec un pouvoir étranger, la papauté, le mettait à même de se distinguer des autres citoyens en portant un costume particulier, soutenu et appuyé par le gouvernement, ne manqua pas d'agir. Il établit des séminaires; fonda des colléges, forma des élèves qui jouirent du privilége de ne pas subir la loi de la conscription, releva des couvents, accumula des richesses, fit de la propagande, multiplia les livres, les brochures, les sermons, les instructions catéchistes et pastorales. Aussi son influence sur la population grandit rapidement. La France revenait au parti catholique, qui sur la fin de l'empire avait conquis une position considérable.

En 1815, les désastres de celui à qui il devait tout le trouvèrent insensible. La reconnaissance ne fait point partie des vertus théologales. Du reste, il était trop joyeux de l'avénement des anciens rois pour se lamenter sur le sort du nouveau Prométhée, qui alla mourir rongé de douleur, enchaîné qu'il fut sur le rocher de Sainte-Hélène. Il croyait à la chute de la Révolution. La Révolution, s'écriaient-ils tous, royalistes et cléricaux, la Révolution est perdue. Enfants à courte vue! La Révolution n'est que mieux affermie. Ce n'est pas l'ancienne royauté qui arrive, c'en est une nouvelle; c'est la royauté offerte à Louis XVI, qui l'aurait sauvé de l'échafaud, lui, sa femme et son fils, s'il l'avait acceptée franchement et loyalement; c'est la royauté constitutionnelle qui partage le pouvoir avec le parlement et lui est soumis dans certaines circonstances; c'est la charte nouvelle, octroyée et acceptée. Les pouvoirs y sont distincts, et n'appartiennent pas au roi, qui n'a plus la puissance souveraine.

Louis XVIII la pratiqua sincèrement; Charles X voulut revenir à la royauté de Louis XIV, il fut chassé. Louis-Philippe régna, mais ne gouverna point. L'empereur Napoléon III, plus puissant, n'étant pas sujet des chambres, pouvant faire la paix et la guerre, conclure des traités de commerce, nommer à toutes les fonctions, ne subissant aucun contrôle, relève pourtant du suffrage universel. Rois et empereurs n'ont plus été, depuis 1793, et ne seront plus que les maîtres du gouvernement, les chefs de l'État, les premiers citoyens de la nation.

A l'avénement du frère du roi décapité, le parti clérical crut l'ancien régime rétabli. Dans son ivresse, il voyait ses antiques priviléges rétablis, ses biens, vendus par la convention, restitués, les dîmes qu'il prélevait avec une si âpre ardeur, réintégrées, sa domination revenue, son pouvoir maître de tous les pouvoirs reconquis. Ce fut avec une ardeur sans égale qu'il se mit en devoir d'envahir les places, d'assiéger les ministères et de frapper sur ses adversaires, par la proscription, l'exil, la prison et l'assassinat. La chambre introuvable, plus royaliste que le roi, sortit de ses entrailles. Aussi les propositions les plus étranges, les plus absurdes, les plus arriérées, les plus monstrueuses y étaient faites et acceptées. Heureusement, Louis XVIII, esprit sceptique, railleur, indifférent, ne croyant à rien, pas même à Dieu, n'aimant que sa personne, imbu de la philosophie de d'Holbach et d'Helvétius, amoureux d'Horace l'épicurien, qu'il lisait sans cesse, admirateur du gouvernement parlementaire qu'il avait vu fonctionner avec tant de facilité dans la libre Angleterre, réfréna ses excès, le maintint dans la modération et ne lui permit point d'envahir la société entière.

Il n'en fut plus de même quand Charles X monta sur le trône. Le nouveau roi ne ressemblait point à son prédécesseur. Dès sa jeunesse, la chasse, le jeu, l'amour et la dévotion, toutes choses qui se marient parfaitement ensemble, l'avaient plus occupé que la science, la littérature et la politique. Comme tous les jeunes gens adonnés à la femme et à la prière, il lisait peu, étudiait encore moins. La philosophie et l'économie sociale lui étaient inconnues. Au surplus, son confesseur ne suffisait-il pas à tout cela? Aussi son esprit était resté étroit et borné, cependant sa personne offrait de la grâce et de la distinction. Son caractère avait l'amabilité du gentilhomme. Il fut pour cette raison justement appelé le dernier chevalier français. Mais sur ces âmes faibles, débiles, efféminées, la terreur de l'enfer agit en souveraine. Le parti catholique sut en profiter; il s'empara de son cœur et de son esprit; il devint le maître; ce qu'il n'avait pu faire sous Louis XVIII, il le fit sous Charles X : il casa ses créatures dans toutes les places, il présenta la loi du sacrilége; il força les fonctionnaires à aller à la messe; il les contraignait à accompagner le *corpus* dans toutes les processions, un cierge à la main; il exigea

TIMBRE IMPÉRIAL

d'eux un billet de confession au moins une fois l'an, et peu s'en fallut que l'on ne fût obligé de le présenter pour obtenir passe-port. Il multiplia les missions et les retraites; il planta des croix à tous les carrefours, signe de prise de possession de la France. C'était pour lui un bon temps, malheureusement contrarié par l'*opinon publique, cet élément nouveau dans l'ordre social, cette rivale de l'autorité*, selon la parole de Fouché au duc de Wellington. Le parti libéral, composé des hommes les plus illustres, des philosophes les plus éminents, des orateurs les plus éloquents, des savants les plus profonds, des polémistes les plus habiles, des publicistes les plus logiques, des politiques les plus clairvoyants, de tous les économistes et de tous les amis du progrès, s'aperçut bientôt que l'on voulait détruire les conquêtes de la révolution de 89, maintenues par la charte elle-même. Il vit que l'on aspirait à restaurer la royauté de droit divin, ne relevant que de la grâce du Dieu des catholiques; que l'on voulait revenir au bon plaisir du roi qui envoyait un citoyen à la Bastille sans forme de procès, pour peu qu'il eût déplu à la maîtresse ou au confesseur en titre; que l'on comptait reconstituer la noblesse avec ses anciens priviléges; que l'on désirait rendre au clergé ses biens vendus, morcelés, éparpillés. La bourgeoisie comprit que son existence, sa fortune, sa liberté étaient en jeu. Une guerre acharnée s'ensuivit. Ne s'appuyant que sur la loi, elle réclama l'exécution pure et simple de la charte. Une lutte active, persistante, tenace et très-vive s'engagea. Le parti catholique, acculé dans cette charte cependant octroyée, conseilla à Charles X d'en sortir par un coup d'État. Les Ordonnances parurent, la garde nationale et le peuple répondirent par les glorieuses journées des 27, 28 et 29 juillet. Le roi fut vaincu et avec lui fut vaincu le parti clérical. Avant ces brillantes journées, il était parvenu au plus haut degré de la puissance, il dirigeait les conseils du roi, il tenait le peuple et la bourgeoisie courbés sous son joug. Comment, depuis 1794, avait-il pu reconquérir une si haute et si grande influence? Comment expliquer un tel succès? De prime abord, ce succès paraît extraordinaire, prodigieux. Lui-même, avec une habileté merveilleuse, le dépeint comme un miracle, preuve de la faveur divine. C'est, dit-il, une marque de l'appui que Dieu lui donne, un témoignage évident de la sainteté de son despotisme. Si on l'examine, on n'y voit rien d'étonnant; au contraire! Combien sont-ils? Comment sont-ils organisés? Quel est leur mode d'action? En étudiant ces diverses questions, on trouvera la raison de ce succès, et nous verrons qu'il n'est pas égal aux moyens dont ils disposent.

Combien sont-ils? En ne faisant état que du clergé, et parmi celui-ci que des prêtres séculiers, on en compte, en France, soixante mille. Voulez-vous ajouter à ce nombre les moines blancs, bruns, noirs, chaussés, non chaussés, rasés et non rasés; les sœurs grises, jaunes, vertes, bleues, de toute espèce et de toutes couleurs, vous arriverez au chiffre énorme de cent mille personnes. Contentons-nous d'étudier les prêtres. Que sont-ils et que font-ils? S'ils ne sont point savants très-profonds, ils sont assez instruits, car tous, après la sortie du collége, où ils font des études plus ou moins fortes, passent plusieurs années à étudier la théologie, science, il est vrai, de nulle valeur, mais science qui aiguise l'intelligence, enseigne à l'esprit l'art de manier le sophisme avec beaucoup d'adresse et d'habileté. Puis ils vont remplir les fonctions de vicaires et de curés dans une paroisse. Là, ils vivent sans femme et sans enfants, débarrassés par leurs vœux des soins de la famille. Le souci de gagner leur vie, assurée qu'elle est par un traitement de l'État, ne les tourmente point. Ne sont-ils pas libres de toutes sortes de préoccupations, assurés de trouver à la maison curiale bon lit, bonne table, feu en hiver, fraîcheur en été? La servante pourvoit à tout. Unis entre eux, ils se voient très-fréquemment. Ils se réunissent en conférence au moins une fois chaque semaine, pour se donner mutuellement les nouvelles, prendre les ordres des supérieurs, s'entendre sur les démarches à faire, se consulter sur telle ou telle circonstance. Un même serment de fidélité les retient attachés à la croyance et à l'enseignement d'une seule et même doctrine qui embrasse toutes les questions sociales et dont tous les points sont nettement définis et déterminés. Qui abandonnerait l'un de ces points, qui l'interpréterait dans un sens non pas contraire, mais un peu différent du sens fixé par le supérieur, est déclaré hérétique, traître, relaps et anathématisé. Ils obéissent à des chefs organisés hiérarchiquement, dépendant d'un chef suprême qui réside hors du pays, dont tout émane, discipline, liturgie, dogme, fonctions; qui nomme aux emplois, de qui tous relèvent, en qui toute autorité réside. Ils sont répandus dans les vallons et sur les sommets des montagnes. Chaque village en possède au moins un. N'ayant rien à faire, sans métier et sans profession, quand ils ne sont point réunis entre eux, ils visitent les habitants, ils causent avec eux, discutent les questions sociales, politiques et religieuses; ils s'insinuent dans leur esprit, s'emparent du cœur des femmes, caressent les enfants et deviennent ainsi les oracles de la famille. Leur position indépendante, leur savoir, leurs relations, leurs émoluments les mettent bien au-dessus du paysan, qui est porté à s'incliner volontiers devant les hommes placés plus haut que lui. Ils sont libres de toute pression extérieure à eux ; ils ne relèvent ni du gouvernement ni de l'opinion publique ; car ce n'est ni l'opinion publique ni le gouvernement qui leur octroient les fonctions dont ils sont investis et les nomment au poste qu'ils doivent occuper, les envoient au village où ils doivent demeurer. Quelle institution, dans une pareille position, avec de tels moyens, ne dominerait l'opinion, et ne maîtriserait le pays? Quel gouvernement résisterait à son action dissolvante? Que peut la police la plus perfectionnée contre un tel pouvoir?

Est-ce tout? Non. Cela ne suffit pas à leurs désirs. Dans chaque village, ils ont à leur disposition un vaste édifice où ils peuvent rassembler et où ils rassemblent, au moins le dimanche, pendant six à sept heures, tout le monde, hommes, femmes, enfants. Là, dans une tribune élevée au-dessus de la foule, ils prononcent des discours, ils donnent des conseils, ils font des instructions, ils blâment, ils louent, ils discutent les doctrines et les actes de leurs adversaires, et nul ne peut leur répondre, nul ne peut les contredire. Ils rompent le pain de la parole au public, ils sèment à volonté l'erreur et la vérité dans ces âmes naïves et incapables de discernement, car dès l'enfance elles n'ont point reçu d'autres paroles, d'autres doctrines. Ils parlent au nom de la Divinité, et la tribune dans laquelle ils sont assis ils l'appellent chaire de vérité. Ils annoncent qu'ils sont les messagers et les envoyés de Dieu. On doit croire à leur parole comme à la parole même de Celui qui règne par delà tous les mondes. Ce ne sont pas eux qui parlent, c'est Dieu lui-même qui parle par leur bouche. Quelle outrecuidance! Résister à leur enseignement, c'est résister à l'enseignement de Dieu en personne. Quand ils affirment une chose, c'est Dieu lui-même qui l'affirme. Ils annoncent l'immobilité de la terre, mais Galilée ne croit pas à leur parole : ils ont la force en main, ils le jettent en prison. Ne pas obéir à leurs commandements, c'est ne pas obéir aux commandements de Dieu, c'est offenser à la fois le Père, le Fils et le Saint-Esprit. Non-seulement ils appellent les fidèles les dimanches, mais ils les convoquent tous les jours à venir entendre les chants du saint sacrifice, ils leur ordonnent de lire et de méditer les préceptes et les enseignements qu'ils ont tracés.

Cela suffit-il à leur ambition, à leur prosélytisme? Non. Ils veulent être présents à chaque événement important de notre existence, ils veulent intervenir dans chacun des actes de notre vie, afin de les diriger, de les régler. Ils président à la naissance par le baptême, à l'adolescence par la communion, à la puberté par la confirmation, à l'époque grave, sérieuse de la vie du jeune homme quand il s'unit à la femme adorée pour en faire son épouse et fonder une nouvelle famille, par le sacrement du mariage ; à la mort, fin et terminaison de notre existence, par les cérémonies funèbres de l'enterrement. Comment échapper à une semblable influence? Comment sortir de cette étreinte, qui ne lâche point l'homme à partir du premier moment de sa vie jusqu'au delà du jour où il a rendu le dernier soupir. Pour le parti, tout cela n'est pas encore assez. Tout cela ne lui suffit point. Comme s'il sentait la faiblesse de sa puissance, comme s'il craignait que l'âme n'échappe à son pouvoir, et ne secoue son joug, quoiqu'elle soit déjà liée et enchaînée, il a ajouté à ces liens nombreux et puissants un lien plus fort et plus puissant. Il a inventé la confession. Machine merveilleuse, prodigieuse, étonnante. Le génie qui l'a conçue est le génie même du despotisme! Satan seul, s'il existait, serait capable d'une telle invention. Dieu, placé dans les mêmes conditions que Satan, trop bon, trop loyal, trop juste, n'en aurait jamais eu la pensée. Mécanisme ingénieux pour arrêter le progrès, étouffer la vérité, anéantir la justice, étreindre les âmes, briser les volontés, abrutir les intelligences. Par le confessionnal, le parti clérical pénètre dans les consciences; le for intime de chacun lui est connu. Il est devenu semblable à Dieu; comme lui, il sait tout, il connaît tout, il voit tout, le bien comme le mal; aucun secret ne lui est caché, aucune pensée ne lui est inconnue, aucun désir ne lui échappe, aucun acte n'est dérobé à son regard. Il ordonne à cette âme, et cette âme obéit. Il lui commande, et elle se soumet. Il la dirige, la conduit comme bon lui semble, toujours selon ses propres desseins. Il la façonne à sa manière de voir, il lui inculque ses idées, lui fait partager ses passions, ses colères, ses haines et ses amitiés. Bien plus, il la mène à un but qu'elle ignore et dont elle ne se doute même pas. Par elle, il connaît les actes de tous les membres de la famille, de tous les habitants du village et du hameau. Il ne peut être trompé, car les dires de l'un contrôlent les dires de l'autre. Nulle police n'est mieux renseignée ni plus sûrement; et elle ne coûte rien, au contraire. Par un mot dit à propos à l'oreille d'un pénitent, il désunit les frères, il divise les amis ou bien il rallie les ennemis, suivant ses besoins et le but qu'il veut atteindre. Il fait aimer qui bon lui semble, il fait haïr qui bon lui plaît. Il dirige le cœur de la jeune fille, et elle n'épouse que celui dont il a fait lui-même le choix. Il sème la division entre le mari et la femme, entre le père et les enfants. Chacun éprouve son influence, et personne n'y échappe. Tous tant que nous sommes et quoique nous en ayons, nous subissons son joug, nous souffrons de ses coups par l'intermédiaire de nos mères, de nos sœurs, de nos femmes, de nos enfants, de nos amis, de nos relations. Quelle arme entre les mains d'un despote! Quelle force dans une corporation qui a un tel engin à son service! Qui pourrait lui résister? Les gouvernements les mieux assis, les plus énergiques, les plus solides, seront enlevés par cette machine, comme la paille légère est enlevée par le vent rapide d'une tempête.

Aussi Louis-Philippe, miné par cette puissance invisible, impalpable, occulte et secrète, au jour des désastres n'eut pas un défenseur. Son armée influencée par cette action incessante, se dégoûta de lui; elle l'abandonna au moment du danger, et le laissa tomber sans faire un effort pour l'appuyer et le retenir. Souvent on se demande comment ce parti peut détruire un gouvernement, lui qui ne fait point d'émeutes, lui qui prêche constamment l'ordre, la paix, la tranquillité, lui qui se fait si petit et se dit impuissant, et l'on répond : Cela est est impossible. C'est ce qu'il est pourtant facile de comprendre: l'opinion travaillée incessamment, finit par devenir hostile, les fonctionnaires indifférents. L'armée, seul soutien de tous les pouvoirs, apprend à ne plus avoir d'enthousiasme d'abord, puis à ne plus aimer, ensuite à mépriser et à détester les chefs de l'État. Si alors un mouvement se fait dans la population, si une question agite le public, si un rassemblement a lieu, le soldat qui a ordre de disperser la foule, hésite à frapper; le peuple devient plus entreprenant, il s'amasse et entoure la troupe, il crie : Vive la ligne! le soldat abandonne ses armes, les barricades s'élèvent, le gouvernement s'enfuit, et le tour est joué.

En vérité, quand on réfléchit à la puissance de cette organisation, ce qui étonne, ce n'est point le succès du parti clérical, c'est la résistance de la société à subir sa domination. Quoi! il est partout, il voit tout, il entend tout, il sait tout, il dispose de tout, et il n'est pas le maître absolu, incontesté? Quoi! la société est par lui envahie comme l'éponge imbibée est envahie par l'eau! et de même que l'eau ne pénètre pas dans la substance intime de l'éponge, il ne pénètre pas non plus dans la substance intime de la société! Quoi! les idées se propagent malgré lui! Quoi! le progrès marche malgré ses injonctions! Quoi! les gouvernements ne disparaissent pas à sa voix, à ses anathèmes! Quoi! les sciences font chaque jour de nouvelles découvertes malgré ses oracles qui disent : « Il n'y a rien de nouveau sous le soleil. » En vérité! je vous le dis, ses doctrines sont jugées. Incomplètes et fausses, elles ont fait leur temps. Le peuple n'en veut plus, la société les repousse, la science les rejette, le progrès les éloigne, la justice les condamne.

Donc les héros de juillet avaient renversé la position et les espérances du parti catholique. C'était la première fois que, depuis

1794, un changement de gouvernement ne lui ait pas été utile et avantageux, ce fut aussi l'unique et dernière fois. La révolution de 1830 fut la seule qui lui fit éprouver un échec, pis encore, une défaite. Elle avait eu lieu plutôt contre lui que contre Charles X. Il s'était attiré la haine de la bourgeoisie et l'inimitié du peuple, il subit les conséquences de ses fautes et de ses erreurs. Le clergé ne put plus paraître dans les rues de Paris, s'il ne portait le costume ordinaire du citoyen. L'injure et l'insulte ne lui eussent point été épargnées. Les processions publiques furent interdites. Il fut obligé de demeurer dans l'église et de s'y renfermer. La tolérance de tous les cultes fut proclamée. La loi, selon la parole d'Odilon Barrot, devint athée ; ce qui signifie que le gouvernement n'avait pas de religion, n'en connaissait point et n'en professait aucune. Libre à tout citoyen d'en choisir une ou de n'en pas choisir. Libre à tous et à chacun d'aller ou de ne pas aller au prêche, au sermon ou à la synagogue. L'État déclarait par là ne plus vouloir se mêler de théologie, discuter les dogmes et prêter main-forte à un prêtre de quelque religion qu'il fût en tant que prêtre. Liberté de conscience; telle était sa devise. Croyez, ne croyez pas, disait-il, adorez le Dieu des catholiques ou celui des juifs, cela ne me regarde nullement et m'importe peu. Adressez des prières au soleil, comme les Perses, ou aux ibis, comme les Égyptiens ; point ne m'en soucie. Au lieu d'envoyer des oraisons au Ciel, créez de la richesse en travaillant, je vous aimerai beaucoup plus et je vous estimerai davantage. Si à cette déclaration de principes, qui marquait un progrès immense vers la liberté, le gouvernement eût joint quelques actes de minime importance, la Révolution était terminée. Le troisième ordre de l'État, laissé debout par Robespierre, restauré par Napoléon Ier, consolidé et agrandi par Louis XVIII et Charles X, disparaissait comme avaient disparu la noblesse et la royauté. Le parti catholique, blessé mortellement, au lieu de se reconstituer périssait ; et le triple but poursuivi par 89, était atteint. Pour en arriver à ce point, il suffisait de refuser un salaire au prêtre, qu'il fût curé, ministre, vicaire, évêque ou rabbin, de valider son mariage par la sanction du maire comme celui de tout autre citoyen ; de ne pas reconnaître la hiérarchie ecclésiastique, en ne prêtant pas main-forte à l'évêque contre le prêtre qu'il veut expulser d'une cure et dont celui-ci ne veut pas se dessaisir ; de soumettre les écoles, pensions, colléges, petits séminaires dirigés par des ecclésiastiques à la loi commune sur l'instruction publique ; de les obliger à présenter les garanties demandées à tous les professeurs ; d'exiger le service militaire des élèves des grands séminaires ; de faire payer aux curés la location et l'impôt des presbytères et des églises dont ils se servaient ; de laisser à leur charge toutes les réparations des bâtiments qu'ils occupaient.

Si toutes ces mesures, conformes à la liberté, au droit, à la justice, puisqu'elles sont appliquées à chaque citoyen, eussent été prises, il est certain que Louis-Philippe serait encore sur le trône ; tout au moins, il serait mort roi des Français et son petit-fils régnerait en sa place. Mais sa femme était née à Naples et de sang espagnol. Alors on comprend. Dans ce cas, le progrès, dégagé et débarrassé des entraves de l'ancien régime, n'aurait plus eu que les questions d'économie sociale à résoudre. Questions ardues, il est vrai, mais rendues cent fois plus difficiles par l'opposition que leur fait le parti catholique et surtout par son enseignement, qui prétend leur donner une solution en accord avec les jérémiades des prophètes juifs, qui ne se doutaient même pas de l'existence de ces questions.

Le tonnerre de Juillet l'avait abattu. Mais peu après voyant les églises libres, les honoraires des évêques, des chanoines, des curés et des vicaires exactement payés, les évêques préconisés par le pape comme dans le passé, les séminaires conservant les mêmes privilèges, son audace lui revint. Au mois de février 1831, dans l'église Saint-Germain l'Auxerrois, paroisse de Louis-Philippe, placée en face du Louvre et des Tuileries, il osa célébrer une messe en commémoration de la fin tragique du duc de Berri. C'était plus qu'une attaque contre le gouvernement, c'était une insulte directe adressée au roi des barricades. Chacun connaît le rôle que le parti catholique avait attribué au duc d'Orléans dans cet assassinat... Ce crime, en détruisant le seul obstacle qui s'opposait à ce qu'il fût l'héritier du trône, lui ouvrait le chemin de la royauté. Personne ne connaissait en ce moment l'état intéressant dans lequel se trouvait l'épouse du duc assassiné. Chateaubriand, dans son indignation et dans sa douleur, en pleine Chambre des pairs, dit au ministre qui était ami intime du fils de Philippe-Égalité : *Le pied vous a glissé dans le sang !* Le ministère tomba à la suite de cette aventure et de cette apostrophe.

Le peuple, irrité de cette insultante provocation, y répondit en envahissant la vieille basilique, qu'il ravagea. Puis il se rendit à l'archevêché qu'il saccagea et dont il ne laissa pas pierre sur pierre. Le gouvernement resta spectateur impassible. C'eût été par trop de bonté de réprimer et d'arrêter ceux qui le vengeaient. Cette leçon, bien que légère, fit comprendre au parti catholique l'inutilité de démonstrations publiques. Il se renferma dès lors dans les actes de son ministère : il pria, il prêcha, il confessa, il fit de nouveau du prosélytisme. Parti vivace, toujours prêt à recommencer la lutte avec ardeur pour reconquérir le pouvoir. Usant de la liberté qui lui était laissée, il s'en servit avec une rare habileté pour propager des doctrines singulièrement dangereuses à tout gouvernement, et qu'il a soin d'émettre quand il veut en discréditer un. Nous n'examinerons qu'une seule de ces maximes à double tranchant. Au premier abord nous l'acceptons volontiers, car elle nous semble juste, vraie, bonne, voire même excellente. Eh bien, c'est la maxime, je ne dirai pas la plus révolutionnaire, car cette épithète ne rend pas ma pensée, mais la plus *émeutière* qui ait jamais été émise, soutenue et propagée. Elle engendre nécessairement la *révolte*, elle amène infailliblement la chute du gouvernement contre lequel elle est dirigée. La voici : Il vaut mieux obéir à Dieu qu'aux hommes. Cela vous paraît juste, n'est-ce pas, ami ou ennemi lecteur? Elle n'a aucun rapport avec les maximes impies de la Révolution et les conseils détestables des professeurs de barricades, n'est-il pas vrai? Quoi de plus certain! Dieu est la perfection même, il ne peut commander que le bien. L'homme, au contraire, est méchant, vicieux, menteur, par nature, — ce sont eux qui nous affublent si admirablement, — dont rien de bon ne peut sortir. Il est donc évident qu'il vaut mieux obéir à Dieu qu'aux hommes. Très-bien. Mais attendez un peu, et, si vous le voulez, retournons la médaille, examinons-en le revers. Nous y voyons la même formule transposée; la voici de nouveau : Il vaut mieux obéir aux lois de Dieu qu'aux lois des hommes. Rien n'est changé : c'est toujours la même maxime. Bon ! Considérons à présent les conséquences; laissons le clergé parler. « A qui Dieu a-t-il donné le dépôt de ses lois? A nous, qui en sommes les gardiens et les interprètes. Qui a-t-il chargé de les enseigner, de les divulguer, de les publier? Nous. A qui a-t-il confié le soin de les conserver et de les appliquer? A nous, toujours. Donc, celui qui ne nous obéit pas, n'obéit pas aux lois de Dieu. Qui nous obéit, obéit aux lois de Dieu... Qui préfère les lois des hommes aux nôtres, méprise les lois de Dieu ; il est coupable, il est digne de la damnation éternelle... Qui s'oppose à nous, qui ne nous laisse pas maîtres, est un tyran, un despote. Nouveau Néron, il nous persécute; mais comme Néron, il périra... Qui résiste aux lois du pays, au pouvoir pour nous obéir, est un héros, est un saint. Et s'il est condamné à la prison par les tribunaux, s'il est obligé de prendre le chemin de l'exil, nouveau martyr, son nom sera inscrit sur les tablettes du Panthéon céleste; après sa mort, il sera assis parmi les anges, les séraphins, les archanges, les dominations, les trônes, en face du Père éternel, qu'il contemplera face à face pendant une éternité, et toujours face à face sans pouvoir jamais une seule minute le regarder de profil. » Singulière jouissance ! Si cela fait leur bonheur, nous n'avons rien à dire. Avec cette maxime, on met le poignard entre les mains des Jacques Clément, des Ravaillac et *tutti quanti*. Ah! ne pas tolérer l'existence des congrégations non reconnues, ne pas permettre au parti de violer les lois, ne pas lui accorder la haute main dans l'administration, ne pas destituer les fonctionnaires qui lui déplaisent, ne pas nommer aux places ceux qui lui sont dévoués, ne pas lui livrer la force armée quand il l'exige, ne pas le laisser maître absolu, ne pas obéir à ses volontés, c'est enfreindre les lois de Dieu, c'est tyranniser ses ministres. Dès qu'il n'est pas le maître, il se dit opprimé. Dès qu'il n'est pas obéi, il crie à la persécution. Il ne comprend pas l'idée de liberté. Pour lui, elle n'a point de sens; elle dépasse son intellect. Il ne s'imagine pas que deux personnes puissent vivre ensemble sans que l'une ne devienne oppresseur. Ou tyran, ou persécuté, pour lui point de milieu. Il veut être le tyran, c'est l'ordre et la loi de Dieu. Demander la liberté pour d'autres que pour lui, c'est le persécuter, et quand il la demande cela signifie liberté d'être maître, despote. Voilà sa science en fait d'économie politique. Dans la société il ne voit absolument rien autre que son existence. La production, la consommation, la distribution des richesses sont des fadaises dont il ne faut s'occuper que pour lui payer dîmes et redevances. Gagner le ciel ne suffit-il pas? — Le Maître n'a-t-il pas dit que le reste nous serait donné par surcroît?

Impuissant à agir d'une manière ouverte, le parti rentra dans les ombres du silence. Son action n'en fut pas moins active, seulement elle devint occulte. Il propagea les sentiments de haine, il excita le mépris de l'opinion contre le gouvernement. Et en même temps, par une de ces tactiques qui lui sont familières, il pénétra dans l'intimité de la cour de Louis-Philippe, afin d'influencer les décisions du roi et de faire promulguer des lois, des décrets favorables à ses intérêts. Rien ne lui était plus facile, car il avait parmi ses membres des individus réellement sympathiques aux institutions parlementaires, et amis sincères de la dynastie. Par ce même moyen, il arrive à tenir à tous les gouvernements; qu'ils soient républicains, autocratiques, monarchiques ou despotiques, il trouve toujours dans son sein quelques hommes attachés de cœur et d'âme à ces diverses formes.

Son action devient alors prépondérante; car la tendance de chaque gouvernement, d'où qu'il vienne, qu'il soit né au milieu d'une émeute, à la suite d'une protestation antidespotique, est toujours à l'absorption de la liberté. Il devient de plus en plus illibéral, poussé qu'il est par les conseils du parti clérical. L'union entre Louis-Philippe et ce parti fut scellée par la fondation du journal *l'Univers*, dont le but était de soutenir la dynastie d'Orléans et de rallier le catholicisme aux institutions parlementaires, fusion évidemment impossible. L'encyclique de Grégoire XVI l'avait démontré et celles plus récentes de Pie IX l'ont encore affirmé. Dans cette affaire, Louis-Philippe fut la dupe, mais le parti catholique conquit une influence considérable. Pendant ce temps une opposition formidable s'élevait au nom de la liberté contre le régime issu de 1830. La lutte devenait vive et passionnée. L'opinion publique se prononçait en faveur de la liberté. Le parti s'unit à elle, et lui aussi il réclama la liberté. Mais, ne perdant jamais le but qu'il recherche, à savoir la domination, il réclama la liberté d'enseignement, la liberté de réunion pour les évêques, réunions transformés en conciles ou en synodes. Il cria liberté si fort et si haut qu'il fit illusion à tout le monde, aux démocrates comme aux aristocrates, aux républicains comme aux monarchistes. Il alla plus loin, il prêcha les doctrines socialistes. Il applaudit à la création des crèches, réalisation d'une idée phalanstérienne, il manifesta des vœux pour l'association des ouvriers avec les patrons, il prêcha l'abolition de l'usure, c'est-à-dire de l'intérêt. Il se lamenta sur la misère du peuple. De cette coalition des légitimistes, des catholiques, des républicains et des socialistes, résulta la chute ignominieuse de Louis-Philippe. L'opinion publique, travaillée par le clergé, était tellement lasse de ce roi, qu'il tomba sans combat, sans lutte, semblable à la poire mûre qui se détache de l'arbre. Il put s'enfuir en toute sûreté, on ne s'occupa point de lui. Il fut renvoyé comme on renvoie un laquais à qui l'on ne fait pas même l'honneur de s'enquérir de quel côté il dirige ses pas. Le clergé avait si bien concouru à la catastrophe, le public en était si persuadé, et l'on croyait tellement à la sincérité de son amour pour le progrès et la justice, que le lendemain de février, pas un arbre de liberté ne fut planté sans être arrosé d'eau bénite, versée par la main d'un prêtre qui en même temps récitait une oraison pour la prospérité de l'arbre et de la liberté. Il acclama la république avec enthousiasme, espérant l'étouffer dans ses bras, et recueillir seul la succession. Ses espérances ne furent point trompées. Au bout d'un an la république n'existait plus que de nom, et trois ans après elle était détruite de fait. Et lui, il grandissait en puissance et en honneurs.

La jeune république, trop jeune, hélas ! novice, inexpérimentée, le cœur plein d'amour, donna la liberté, liberté illimitée, pleine et entière. Le parti catholique s'en servit contre elle avec acharnement. Il versa la calomnie à pleine coupe. Qui ne se rappelle ces absurdes histoires de purée d'ananas, de déprédations à l'hôtel de ville et au ministère de l'intérieur, etc., etc., accusations stupides contre les membres du gouvernement provisoire ! Et ces timides gouvernants accusés de vouloir tout mettre à feu et à sang, trop amis de cette liberté dont on abusait contre eux, furent assez débonnaires pour ne pas se défendre. En voyant tous les gouvernements tomber par la liberté de la presse, aussi bien les républicains que les monarchiques, on se demande si réellement la liberté peut exister en France. Charles X est tombé, Louis-Philippe est tombé, le gouvernement le plus libéral, le plus doux, acclamé avec un enthousiasme unanime, la République est tombée. Elle n'a fait aucune victime, elle a ouvert les portes des prisons et ne les a pas refermées, elle n'a spolié aucun citoyen ; et trois mois après, ses chefs sont obligés de fuir en exil. Elle est tombée plus rapidement que les autres pouvoirs ; elle avait donné plus de liberté. Voilà les faits qui se passent en France. En Angleterre le gouvernement ne se soutient qu'avec la liberté la plus illimitée ; là, est la liberté de réunion où nul ne vous surveille ; là, est la liberté d'écrire et de parler ; là, point de brevet de libraire ; là, point de brevet d'imprimeur ; là, point de cautionnement ; là, point de dépôt à l'avance des écrits. Chez nos voisins la liberté est le soutien du pouvoir, chez nous elle le renverse. D'où vient cette différence ? En France nous sommes divisés en partis, et nous nous combattons avec les armes de la personnalité. Les grandes questions ne nous intéressent point, mais si nous pouvons attaquer une individualité qui nous gêne, nous offusque et nous blesse par sa vanité, son orgueil ou ses talents, nous sommes contents ; la galerie se réjouit, le public applaudit. Hélas ! nous sommes trop friands de cancans. Quand nous réclamons la liberté, c'est la liberté d'attaquer le pouvoir, de le harceler, de le ridiculiser, de le couvrir de mépris, et d'engendrer contre lui les colères du peuple, et non la liberté de discuter les intérêts sociaux, les questions économiques, les principes du droit et de la justice. Si par hasard, l'on critique l'assiette de l'impôt, ce n'est pas tant pour en redresser les injustices que pour en rendre responsable le gouvernement, et attiser la haine dans le cœur du contribuable. Nous ne voyons pas la justice ou la vérité d'une question ; il suffit qu'un parti autre que celui auquel nous appartenons émette une opinion pour qu'aussitôt nous la trouvions absurde et nous soutenions l'opinion contraire. En Angleterre, deux individus sont aujourd'hui d'accord sur une question, demain ils seront en désaccord sur une autre question. De cette façon, les inimitiés, les rivalités disparaissent. On ne voit qu'un but, l'agrandissement de la nation, le bien-être du peuple et le progrès de l'humanité.

On peut différer d'avis sur les moyens, on n'est pas pour cela ennemi. Car demain nous serons de même opinion sur d'autres moyens. Qu'importe au pauvre, qu'importe à celui qui souffre, que ce soit Pierre, Paul ou Jacques qui soit chef de l'État, si sous Pierre, Paul ou Jacques il souffre toujours? Le moindre grain de mil ferait bien mieux son affaire. Discutons les moyens de lui faire trouver ce grain de mil, et arrangeons-nous de manière à ce que personne ne le lui enlève sous aucun prétexte. Sachons-le bien, les gouvernements ne donnent jamais rien, ils ne font que recevoir. Pourvu qu'ils conservent notre dignité au dehors, notre sécurité et notre liberté au dedans, et pourvu qu'ils nous garantissent le fruit de notre travail et qu'ils nous en laissent disposer à notre gré, pourvu qu'ils ne s'immiscent en rien dans nos affaires personnelles, ils seront toujours bons. S'ils veulent débarrasser la Révolution des obstacles qui l'arrêtent dans sa marche, quoique nous n'ayons pas besoin de leur concours, ils seront meilleurs encore, et nous les bénirons. Soyons comme les Anglais, indifférents vis-à-vis du pouvoir. C'est difficile, car le gouvernement veut être adoré, et les partis qui aspirent à le remplacer, ne veulent pas qu'il le soit, au contraire, ils demandent qu'il soit honni et détesté. Si nous tournions les forces que nous dépensons dans ces luttes absurdes vers les questions sociales, la Révolution serait bientôt terminée.

En 1850, la République était vaincue, mais le clergé ne l'était pas; il avait ramassé des dépouilles opimes. C'est lui qui recueillit la succession de 1848. Conseil et âme de la réaction, il fit nommer l'un des siens, M. de Falloux, ministre de l'instruction publique. Et aussitôt il obtint la loi sur l'enseignement, qui lui mit en main le destin des générations futures! Victoire immense qu'il obtint sans combattre. L'Université laissa faire. Une folle terreur que le clergé avait fomentée et qu'il entretenait, précipitait tout le monde dans ses bras : les églises se remplissaient pour les cérémonies religieuses; les bourgeois sceptiques allaient à la messe, afin, disaient-ils, de montrer le bon exemple. Cependant, M. de Montalembert n'avait pas craint de dévoiler le secret de cette loi si vivement désirée, en disant à la tribune : « Si nous avons cette loi d'enseignement seulement pendant douze ans, nous sommes maîtres de la France. » Aussitôt après cette conquête, il fonda dans les grandes villes les colléges catholiques, s'établissant en face des colléges de l'Université. Les frères des écoles chrétiennes, déjà fort nombreux, se multiplièrent d'avantage; établis dans un petit nombre de villes, ils envahirent presque tous les chefs-lieux de canton : bientôt, si on n'y met ordre, ils auront chassé de toutes les communes nos modestes instituteurs, que cette loi a placés directement sous leur joug, aggravé encore par les complaisances de l'administration. Les sœurs élevèrent des pensionnats, fondèrent des écoles partout. Nos enfants leur appartiendront corps et âme, et la société reviendra au moyen âge, ce bienheureux temps, où nul ne savait ni lire ni écrire, et dont ils chantent les bonheurs, les joies et les bienfaits. Faut-il toujours s'unir à eux?

Que l'on ne pense pas que ce parti clérical poursuive un but religieux, partant honorable et utile, du moins aux yeux de quelques personnes. Non; il poursuit un but politique. La preuve de cette assertion se trouve dans les discussions qui ont eu lieu sous la seconde république. Ce fut lui qui attaqua avec le plus d'ardeur le communisme, si bien que l'épithète qui s'y rattache était devenue une injure. Or, qui a mis en honneur le communisme? Jésus-Christ, son Dieu. Oui, c'est Jésus-Christ qui l'a enseigné et pratiqué avec ses apôtres et ses disciples. Après sa mort, les nouveaux chrétiens s'y conformèrent, et ceux qui ne le pratiquaient pas exactement étaient punis rudement. Chacun devait apporter la totalité de son bien à la communauté. La règle, à cet égard, était si sévère, que saint Pierre frappa de mort Ananias parce qu'il n'avait pas remis à la masse le prix intégral de la vente de ses domaines, mais en avait retenu une partie. Insulter les communistes, c'était donc insulter Jésus-Christ, c'était donc attaquer la religion. Et pourquoi ces attaques? Parce que la politique du parti exigeait la destruction du socialisme, dont il redoutait l'avénement, et qu'il enveloppait dans le manteau du communisme, devenu l'effroi des bons bourgeois.

Le coup d'État du 2 décembre s'accomplit. L'Assemblée législative est renversée. Louis-Bonaparte est élu président pour la vie. Il est maître absolu. Il lance des décrets; il édicte des lois. L'organe du parti catholique approuve, il applaudit. Le parti clérical, au comble de la joie, débarrassé du socialisme dont il redoute les doctrines, encense le nouveau pouvoir qui le comble de bienfaits. On restaure les églises, on en bâtit de nouvelles; on augmente le traitement des curés, on leur distribue des croix; on met les instituteurs sous leurs férules; on laisse ouvrir de nouveaux couvents, on permet la fondation de nouvelles congrégations; on autorise la société de Saint-Vincent de Paul; on place leurs protégés, on destitue leurs adversaires; on satisfait toutes leurs demandes : ils sont partout et ils sont tout. Leur puissance et leur influence grandissent, grandissent toujours!

Oh! ils ne blâment rien, ils ne conspirent pas. Ils louent, chantent les louanges de l'empereur; ils l'exaltent, ils le proclament un honnête homme, un grand homme.—Cela dura jusqu'en 1859. Survient la guerre d'Italie. Le pape soutient l'Autriche. L'armée française marche de victoire en victoire. Magenta, Melegnano, Solferino nous rendent maîtres de la Lombardie. La coalition européenne se reforme. La Prusse rassemble deux cent mille hommes sur le Rhin; dans quinze jours elle va entrer en France. L'empereur voit le danger; il fait la paix de Villafranca. La Lombardie appartient au Piémont. La Révolution marche, marche. Les duchés de Parme, de Toscane, de Modène sont soulevés; les ducs sont obligés de fuir, et le suffrage universel reconnaît pour roi Victor-Emmanuel. La Sicile s'insurge. Garibaldi s'avance sur Palerme; il s'en empare; il franchit le détroit, et accompagné d'un aide de camp, pénètre dans Naples, d'où s'enfuit François II. Les généraux du roi galant homme envahissent les Marches et l'Ombrie. Lamoricière est battu; Ancône est pris. Les États du roi de Naples et ceux du pape, par un acte volontaire, spontané et unanime des peuples, reconnaissent Victor-Emmanuel. Le parti catholique est mécontent; les mandements pleins de menace succèdent aux mandements pleins de colère. Les chaires retentissent d'imprécations. Le pape lance la foudre de l'Eglise qui ne blesse plus personne, parce que nul au monde ne s'en effraye et ne s'en inquiète. Napoléon III approuve le roi national Victor-Emmanuel. C'en est fait : la guerre est déclarée. Le parti catholique voue haine au gouvernement, haine qui ne disparaîtra jamais.

D'où vient cette colère? d'où viennent ces fureurs? Napoléon III, qui, au commencement, avait voulu conserver, s'appuya sur le clergé, et pendant dix ans il s'unit à lui; mais il s'aperçut bientôt que l'on ne pouvait gouverner en restant dans l'immobilité, qu'il fallait se mouvoir soit dans un sens soit dans l'autre, soit en avant soit en arrière. Le parti catholique l'engageait vivement à reculer aux temps antirévolutionnaires. Le bon sens de l'empereur l'entraîna vers l'indépendance et la liberté des peuples. La victoire répondit favorablement à cette nouvelle politique. La Révolution reprit son cours. Chose merveilleuse! on allait en Italie uniquement pour rendre à ce pays son autonomie et faire de ce peuple une nation; et voilà que c'est la destruction de la puissance du troisième ordre de l'État qui se réalisera en même temps. Inévitablement, le pouvoir temporel du pape sera anéanti, car Rome est nécessaire à l'Italie pour se fonder. Elle est la seule ville qui puisse être sa capitale. Le pape, restant à Rome, n'est plus que le premier des évêques, le chef spirituel du pouvoir spirituel. S'il quitte Rome, où ira-t-il? Quelle terre accepterait sa suzeraineté? Lui-même ne songe point à un nouveau royaume. Où qu'il aille, où qu'il siége, il sera sous la tutelle et le joug d'une puissance temporelle; il ne sera plus souverain.

Comme la Révolution se joue de nos desseins et de nos pensées! On peut, avec toute vérité, retourner le mot de Bossuet: «L'homme s'agite, la Révolution le mène. » Il y a soixante et dix ans que nous nous agitons; les libéraux ont eu la direction des affaires, les voltairiens ont conduit l'État, les républicains ont dominé sur la France, et pas un d'eux n'a essayé de terminer la révolution de 89. Et voilà qu'un roi, Victor-Emmanuel, et qu'un empereur, Napoléon III, font ce que ceux qui se disent révolutionnaires n'ont jamais fait. Ils ébranlent la pierre fondamentale qui soutenait l'édifice clérical; ils s'attaquent à la pierre angulaire, à la royauté du pape, royauté qui a maintenu le parti en France.

Le clergé voit sa puissance temporelle ébranlée, prête à disparaître dans le gouffre du néant. Il attaque Victor-Emmanuel et celui qui le soutient; il veut les renverser; il cherche des auxiliaires; il vous appelle, vous, démocrates, vous, républicains, vous, révolutionnaires; il réveille vos haines; il crie: Liberté!... comme il criait liberté sous Louis-Philippe. Vous laisserez-vous encore prendre pour dupes? Sentinelles, prenez garde à vous! Laisserez-vous l'ennemi pénétrer dans votre camp? Arrêterez-vous, pour lui plaire, la Révolution qui marche, marche, et va droit au but? Si la Révolution s'accomplit, que vous importe qui l'accomplit? Êtes-vous jaloux, et préférez-vous la voir succomber que de la voir réaliser par d'autres mains que les vôtres? Souvenez-vous de cette parole d'un de vos pères: «Périssent les colonies plutôt qu'un principe!» Eh bien! périssent nos haines plutôt que la Révolution! Le despotisme actuel est temporaire, car il sait que la liberté seule peut fonder un gouvernement. Le despotisme clérical est permanent. Choisissez. Voulez-vous encore maintenir ce dernier? Voulez-vous que les générations futures vous maudissent? Sentinelles, prenez garde à vous!

PAGET LUPICIN, R. C.

BIBLIOTHÈQUE IMPÉRIALE

Paris. — Imp. A.-E. Rochette, rue d'Assas, 22.